문학과지성 시인선 588

오늘은
진행이 빠르다

김명인 시집

문학과지성사

문학과지성사에서 펴낸 김명인의 시집

東豆川(1979)
머나먼 곳 스와니(1988)
푸른 강아지와 놀다(1994)
바닷가의 장례(1997)
길의 침묵(1999)
바다의 아코디언(2002)
파문(2005)
따뜻한 적막(시선집, 2006)
꽃차례(2009)
여행자 나무(2013)
이 가지에서 저 그늘로(2018)

문학과지성 시인선 588

오늘은 진행이 빠르다

펴낸날 2023년 8월 21일

지은이 김명인
펴낸이 이광호
주간 이근혜
편집 허단 김필균 이주이 방원경 윤소진 유하은
마케팅 이가은 최지애 허황 남미리 맹정현
제작 강병석
펴낸곳 ㈜**문학과지성사**
등록번호 제1993-000098호
주소 04034 서울 마포구 잔다리로7길 18(서교동 377-20)
전화 02)338-7224
팩스 02)323-4180(편집) 02)338-7221(영업)
대표메일 moonji@moonji.com
저작권 문의 copyright@moonji.com
홈페이지 www.moonji.com

ⓒ 김명인, 2023. Printed in Seoul, Korea

ISBN 978-89-320-4190-2 03810

문학과지성 시인선 588
오늘은 진행이 빠르다

김명인

시인의 말

지금은 경작의 애락哀樂을 내려놓아야 할 때!
비가 오지 않는다고 탄식하던 농사의 시절은 지났다.

2023년 여름
김명인

오늘은 진행이 빠르다

차례

시인의 말

4부

해설

1부

죽변도서관

책 만 권을 한꺼번에 펼친 바다가
기슭의 파란까지 덮어버렸으니
일몰 이후에나 대출된다는 밤바다는
평생을 새겨도 독해 버거운
비장의 어둠일까, 이 도서관의 장서려니
갈피나 지피려고 주경야독한다는
어부들의 말이 비로소 실감이 난다
일생을 기대 읽는 창窓이야
시인의 일과처럼 갈짓자 행보지만
알다가도 모를 달빛을 지표 삼아
어둠으로 안내하는 사서의 직업이란
그다지 참견할 일이 못 된다
다만 그 일로 한두 시간 끙끙거리려고
삐걱대는 목조 계단을 밟고 오른다
이 도서관이 대출하는 장서라면
파도 한 단락조차 내게는 벅찰 것이니
오늘 밤에도 누군가는 등대를 켜고 앉아
첩첩 어둠을 읽고 있겠다!

차견借見*

지금 내 눈앞에 펼쳐진 시간은
입동에 떠밀린 고요니
맑어진 가을 산과 거기 잇댄
능선을 나는 빌렸다
무료조차 덤이라면 이 풍경,
혼자 누리다가 동지冬至 편으로 네게 보내겠다
한때 지천을 부풀리던 초록이여,
나는 맘과 셈의 낭비가 심한 사람
물려줄 생각보다 빌려 쓸 궁리가 앞선 사람
어느새 탕진하고 여기 서 있다
이로부터 내 표적은 지워질 것이니
누가 남아 눈에 파묻힐
적막을 들춰보겠느냐!

* 남의 서화 따위를 빌려서 봄.

구름척후

딴 세계에서 왔다면 외계인일 테지만
날이 갈수록 자주 듣게 되는 말,
딴 세상 사람 같다
불안한 거동이라면 천리만리 내닫는 뜬구름일 테지만
구름에겐 호기심이 없다, 바람 소리만 아득할 뿐

건져 낸 것 하나 없이 또 하루가 흘러간다
물푸레 우듬지라면 1박쯤 걸쳐볼까?
기억에도 없는 혈흔이 천만리 저쪽까지 생생하니
그건 외로움이 감당할 몫, 구름척후는
어딘가 모자라거나 넘치는 제국에서
이곳으로 보내지는 것

오늘은 진행이 빠르다
기념되는 날은 흔치 않다, 일이라야
바람 편에 구름 그늘을 실어 보내는 것,

흰동백

흰동백이 핀다는 말에 솔깃해져
일행은 겨울 막바지에
남해의 작은 섬 두미도를 찾았습니다
한낮에 당도해 찬바람 맞으며
어둠에 잠기도록 비탈길을 헤맸지만
흰동백은커녕 붉은
동백도 거기선 흔치 않았습니다
세찬 바닷바람 소리에 잔뜩 웅크리며
외딴 밤을 지새운 뒤
꼴뚜기로 절인 숙취도 떨치지 못한 채
배편을 기다려 섬을 떠났습니다
그때 그 뱃전에서 누군가
섬의 한가운데 우뚝 선 흰동백 한 채를
똑똑히 보았다는 것입니다
순교자의 피처럼 흰색 아우라를 둘러
신령스럽기까지 했다는 흰동백,
어떤 이에겐 보이지만 어떤 이에겐 눈 부릅떠도
흐릿한 꿈결 같아서
선실에서 조느라 놓쳐버린 그때의 흰동백이
가끔씩 눈앞에 어른어른 피어납니다

살구

잘 익은 살구를 두 손으로 쪼개면
쫙 벌어지는 살색이 박하 향내를 품는다
농익은 교태지만 좀처럼 흐트러지지 않는 것은
손 탈 일 없는 금도를 머금은 까닭,
올망졸망 맺었다 하더라도 이 약속은
아주아주 먼 데서 온 것이다
나누기에 익숙하지 않은 것도
네가 몫을 거북해하는 탓,
살구가 온다, 겨울을 이긴 봄꽃으로
마당을 피워 문 게 엊그젠데
그늘을 적신 눈망울들이
어느새 초여름을 익혀내니
모르던 변두리까지 신맛이 넘쳐흐른다
애써 머금지 않아도 이슬,
맨살에 끼얹는 바람이 절로 입술을 벌린다

달의 이행

겨냥점을 달에 두고
여러 폭의 환상을 포갰다 벗겨내는
사내가 있다, 그가 고르는
물감 중 으뜸은 달빛이지만
오늘은 그믐이어서
화판이 온통 칠흑이다
어둠이 덧칠해놓은 달의 행로,

또 누군가의 구름은 둘레가 가려지길 기다렸다가
희뿌연 달무리에 섞이려 든다
그를 밀쳐내는 것도 달이지만 어떤 달은
낮에도 눈을 떠
창천을 희번덕거리며 서역으로 간다

감기는 눈을 비비며 나는
한밤을 견디지만
달의 소요를 마냥 따라나설 수는 없다
하루의 길이 또 다른 새벽으로 이어지기에
자정 어간에만 달의 행로를 살필 뿐

나는, 달을 관찰하며 살아왔다
궁금증에 응답해야 한다면
누군가의 발자국이 아니라 나만의 첫 달,
가고 가는 그곳에도 밤이 있을까?
달 아닌 무엇이 떠오를까?

오늘은 바람 한 점 없다
도심의 달은 유난히 드난하고
휘황한 불빛에 족적이 흐려지기도 하지만
달은 여위어도 달이니
저들의 보름달은 언제까지 보름일까?

갚을 길 없는 위안이라도 한밤의
달빛 파장은 새삼스럽다
나는 한순간도 달의 몰락을 상상하지 않았으므로
누리의 달도 저무는 달도
지상의 표징으로만 읽어낼 뿐,
감기는 눈을 비비며
오늘 밤도 저 달이 유장한가, 지켜보는 것이다

봤어?

하늘 덮개로 억만년을 짓눌러도
상하를 곧추세우고 좌우로 긋는
수평선이 저를 구부리는 것 봤어?
비끼며 교대하는 낮밤을
일도양단으로 잘라 내는 종소리가 어딨어?
슬퍼하는 꽃잎이 그곳까지 닿는지 모르지만
못 보았다고 안 피었다고 하겠어?
모래톱을 쓸고 사구沙丘를 휘저어도
파도는 일생일대를 제자리에 돌려놓잖아!
결박처럼 단단했던 포옹조차
때가 되면 삭은 동아줄로 바스러지는 것,
상처가 아문다 해도 흉터로 머뭇거리는
뉘우침은 잔상이라 해둘 거야
죽은 이를 추모하는 세상에 서 있는 한
눈물은 산 자의 것이니
둥글게 맺히는 무덤이더라도
그리움으로 더는 가파르지 않으리!

지상의 꽃

5월 막바지의 꽃 덩굴장미가
혈맹으로 뭉쳐 치렁거리는 언덕길을 내려가다가
문득 그대 없는 세상에 10년 하고도 몇 해를
그림자 끌며 흘러왔다는 생각에
갑자기 그쪽 형편은 어떠냐고 묻고 싶다
그대는 아직도 이 골목의 시인이니
새로 쓴 시가 궁금하고
나는 물구나무 세운 집이었음을
활짝 핀 꽃송이로 오늘따라 쓸쓸해진다
젊음은 소란스럽지, 예전처럼 늙어서
노회한 시의 가슴을 더듬을 때
만져지는 것은 몰라보게 접질린 주름들,
저 불꽃장미 또한 지상의 꽃이니
며칠만 타올랐다 스러지는 것을
나는, 여한 없이 바라본다, 저버린
약속이 없었음을 시간은 일러주리라
며칠 내 물음처럼 맴돌던
언덕 위 아카시아 향기도 어느새 지워졌다
낙화의 뒤끝으로 오는 신생이란
이렇게 얼룩지기도 하는 후일담인 것을,

밥 한 끼

밥 한 끼 같이 하자는 너의 말에
그래야지 그래야지 얼른 대답했지만
못 먹어 허기진 세월 아니니
어떤 식탁에는 수저보다 먼저
절여진 마음이 차려지리라
애꿎은 입맛까지 밥상머리에 오른다면
한 끼 밥은 한술 뜨기도 전에
목부터 메는 것,
건성으로 새겼던 약속이
숟가락 그득
눈물 퍼 담을 것 같아
괜한 걱정으로 가슴이 더부룩해진다

튤립

일행들 흩어져 저녁 자리로 가고
혼자 나선 바닷가 산책길,
석양 천천히 수평선 위로 내리는데
수만 꽃봉오리 일제히 피워 올린
튤립 만발한 봄날의 공기 속이라면
어긴 약속조차 환한 어둠 머금을 것이니
저 빛 사위어도 너 쉽게 돌아설 수 없으리!
습습한 저녁이 안개에 슬쩍 얹혀
이대로의 유락遊樂 지워버린다 해도
세상에! 이처럼 완벽한 잠적이 따로 있겠어?

2부

꽃잠

운전석 의자를 반쯤 젖혀놓고
그늘을 모로 꺾은 1톤 트럭의 잠,
행상의 사내 하나
나른한 봄꿈 속으로 내닫고 있다
꽃구경 가자고 졸라대던
환한 투정들이 펼쳐놓는 소란일까
새벽 도매시장에서 받아 온
채소들이 저희끼리 좌판을 벌릴지 말지
옆구리에 천막을 걷어붙인
주인의 잠 속을 엿보고 있다

서해

만 장을 넘겼는데
아직도 저 파란!

발치를 적시다 몸통까지 잠기는
생각이라 하지 말자

밀물이 가두면
제풀에 지워지는

개펄같이!

엄벙덤벙

엄벙덤벙 살자는 게 아니다
입이 통로인데 코까지 가려놓았으니
눈치로나 안부를 전하는
우리 사이에 첩첩 허방이 있구나!
힐끗거리는 눈앞이 낭떠러지다
코뚜레 끼인 내 유리창의 안개 속에
흐릿하게 네가 어린다
두 눈을 껌벅거리며 예전을 말하지만
읽히지 않는 표정이라
무슨 고백인들 진실하겠느냐?
더 헤매야 하는 미로 속인 듯
시선은 거기 멈추고도 한참을 더듬거린다
천 리를 가고자 해도 지척을 가려놓으면
주색잡기는 제 버릇을 잊는다
전망 대신 잔망이나 꺼내보지만
뭉개진 말꼬리로는 서로를 가두기커녕
작당하기 애초부터 글렀다

유령거미의 시간

어떤 몸이든 병이 들고 허기지면
안개 속으로 저를 운반하는
무적 소리의 환청에 자주 시달린다
마당귀 늙은 모과나무도 저를 깨워내는
바람 소리에 이따금씩 잎새를 펄럭일까,
하늘을 찌를 듯 우람하게 솟아
열대우림의 표상이던 마호가니는
통나무로 바다를 건넜으니
가끔씩 무적 소리를 되새길 것이다
이 거실에 안 어울리는 지체로 견디는 것
도화심목桃花心木의 이상은 아니었을 것이다
그냥 그렇게 자라 병들고 무너지는 게
생명나무라면 이 일대기는
우리 모두가 그럭저럭 누리는 것이니
나는 마당에 나가 흘러가는
뜬구름이나 바라보는 중이다
모과나무에 이상한 새가 앉아서 운다
낯선 손님에게 가지를 내주고도 무심한 것은
몰년을 잇대는 유령거미의 시간,

가라앉을 듯 가라앉은 듯 어둑한 둘레가
거미의 군락지로 넓혀지고 있다

초점의 값

둘레가 온통 수평선이라면
초점은 둥근 원의 중심,
입체는 아득하게 구축되어
지금 나를 둘러싸고 있다
하늘과 둥글게 맞댄 망망대해
그 구체를 수평선이 절반으로 잘라놓았다
막막한 시선의 한 점으로
나는 지금 사방을 건너고 있다
마침내 무한 고독과 만나는
이 씨앗을 누가 심었을까?
어디서 온 나로부터
나를 확장하면서
초점이 되라고 파란 위에 던져놓았을까?
가없는 둘레에 싸여도 중심은
언제나 한 점,
일찍이 접합되지 못한 우주에 사로잡혔으니
나 하나의 값은 없다

이모들

세상 모든 할머니의 보퉁이에는
오롯하게 꾸려놓은 스무 살
싱싱한 이모가 있다
치매를 둘러 패는 화투 한판
거기 끼어서도 저 이모
빨리 끌러보라고 성화다
가슴 어디에 전대로 싸맨 세월이 남았는지
우세스러워 한 번도 내뱉지 못한
농담조차 녹슨 작두로 잘라 보이며
뜬금없이 불쑥 섞는
스무 살 칼칼한 웃음소리들
해묵은 탄금이라 언제
줄 끊어지더라도 하릴없지만
아직은 쨍쨍한 늦가을 꽃길
산들거리기 한창이다

코끼리와 호리병

밤새껏 씨름했던 상대가 몽당빗자루라 해도
아침은 누구에게든 편견이 없다
꿈자리가 불편해 뒤척이다 깨고 보니
나는 바닥이고 코끼리 한 마리가
내 침대를 차지하고 있다
깜짝 놀라 비몽사몽을 헤쳐 나왔지만
새벽까지 밀어닥치던 폐허의 상상은
아직도 호리병 속일까?
뻗치면 마음 굴곡진 협곡에도 가닿겠지만
거기 어딘가에 무리 지은 코끼리가
초원을 갈아엎을 것 같아
출근길로 가로막히는
창밖 순환도로를 멍하니 내다본다

느리게 가는 시

빗방울의 소란이 그치자
새끼들이 어미를 따라 종종걸음 친다
하오의 적막 속으로 어떻게 스며들었냐고?
햇살만큼 벌어진 틈새가 있을까,
묻는 것이 필생인
설된 시 말고 무슨 파장을 덧입힐까

해묵은 상상을 지금에야 펼쳐들었다고?
언제나 고만고만한 풍경 속으로
바다를 등지고 한 소년이 서 있다
자라지 않는 소년의 키,
이 생각은 어디서부터 어디까지 이어져
어스름에 가둬질 때가 되었다
노을의 틈새를 뭉개며 어둠이 밀려든다

느릿느릿 가는 길 어디
무딘 활자처럼 어둑한 표정으로
숲의 목차가 지워진다
앙상한 가지에 이상한 새 떼가 매달려 있다
저들도 메마른 날개를 이미 접은 듯하다

저녁의 둘레

배석을 허락받아야 가담하는 둘레가 있다
나는 무리의 비밀을 알아내려고
둘레로 드는 길을 물었다
모른다고 다들 고개를 가로젓는 그곳은
광유와 번철로 녹이는
유리 막 저쪽일까, 자적하는 5월
뻐꾸기 울음으로 사무치거나
뚝 두루르르 해맑게 두드리는 목탁귀거나
골필이 닳도록 베껴 쓰는 환각,
오늘의 이야기가 온다, 나는
허투루라도 펼칠 것이다, 신명조차
허락받아야 하는 너의 문맹 앞에,
이 낭송은 세월로 가거나
미궁으로 가라앉겠지만
지워지기만 하는 복사를
마침내 접어야 할 저녁이 온다
늦게 도착한 짐짝일수록 귀중한 것들로 꾸려진다
다정한 마음으로 네 환심을 사서
노을 앞에 활짝 펴고 싶다

발설할 수 있을까, 지나가므로 환각인

저녁의 둘레를!

복안

복안이 있느냐고 네가 물었을 때
나는 머뭇거렸다, 벗겨내기 어려운 얼룩이
간유리 저쪽에서 어른거렸다
두근거림이 가슴 밑바닥에서 차올랐다

한순간의 결심이 일생의 포부가 되듯
누구에게든 나름의 요량은 있다
이룰지 말지 장담 못 하는 다짐들이
형언할 수 없는 욕망으로 꿈틀거리기도 한다

쫓기듯 사는 것도 아닌데 너무 작고 볼품이 없어
이것이 내 것일까, 소용에 닿지 않는
목록을 뒤적거릴 때
겹쳐져 어른거리는 배경으로는
어떤 의지라도 두서없는 것,

살아지는 대로 살려고 드는 내게
간추릴 복안이 없는 것이다

언니

엄니의 큰딸이 언니니 엄마 대신이라고
쌍둥이 자매의 서열은 호되게 훈육된 탓인지
자리를 바꿔놓아도 동생은 어느새 뒷자리
그래, 언니는 엄니의 한 끗 아래니
(ㄴ은 ㅁ을 내려 깎은 형상)
동생 뒤로 숨으려 하지 않았다
완강하던 키도 쪼그라들어
앞뒤로 구르며 저기,
팔순 자매가 걷고 있다
무덤까지 뒤뚱거릴 기세라도
아우는 언니 다음이므로 제 차례에 마음 쓰인다

담소화락談笑和樂

떠밀려 온 지 오래라서
시절은 한가로운데 물가엔 파문이다
세월은 강으로 번지 못하고
안개 자욱한 들판만 보여준다
서로의 것이었던 정표 하나 굳게 다졌건만
쳐다보니 웃을 입이 가려져서
눈웃음으로나 안부를 가늠할밖에!
오늘을 수긍하기엔 결손이 너무 크다
누구를 탓할 권리가 없다는 건
불평의 근원이 나라는 것
함께 서 있던 그곳까진
끝내 돌아가지 못할 거야
웃음에도 매겨지는 세금, 웃음세
이 담소화락 면세는 되겠지만
남겨질 외로움은 혼자 차지할밖에,
일어서질 못하니 걸을 수 있을까?
출입을 가렸는데
무슨 근거로 너는 희망을 말하느냐?

달의 미늘

어탐기를 살피던 선장이 혼잣말로 중얼거린다
수심 40미터에 어군이 흩어져 있네
한 마리라도 미늘에 걸리면
식탐을 엮어 줄줄이 매달 텐데
갈치는 생긴 그대로 성깔이 사납다
군집에서 삐져나온 꼬리라면
이빨 세운 동무들을 감당할 수 없는 것
뱃전에 내동댕이쳐질 때까지
갈치는 닥치는 대로 먹어치운다
선장이 확성기로 수심을 일러준다
떼거리란 원체 미욱한 것,
혹시나 해서 10여 미터 더 내려보지만
물때가 아니라서 환한 달빛이
거기까지 휘저어놓는다

종점

하루를 서둘러 마감하려고
종점은 제시간보다 미리 와 있다
노선버스를 기다리며
대기실 칸막이 너머로 보면
띄엄띄엄 아파트가 솟아오르는 곳,
암암리에 주고받는 거래처럼
이런 변두리라도 사건이라 부를 만한
투자가 있을까?
자진 상상을 이어놓으면
출발이 있고, 도착이 있다
어떤 맹세는 서둘러 말해지고
부서뜨린 거래가 면전에 던져진다
연인들이 헤어지고 조직이 무너졌다
모든 것을 일상으로 둘러대는 사이
허겁지겁 달려온 노선버스가
제자리를 찾으려고 한참을 두리번거린다
마침 컨테이너 출입구가 열리고
배차 판인 듯 종이를 흔들며
한 사내가 걸어 나온다

첫차든 심야 운행이든
일당으로 따지는 건 종점뿐,
머지않아 아파트 숲에 둘러싸이면
변두리에서 변두리로 흩어질 것이지만
종점에겐 시간의 빚은 없다
출발 혹은 도착의 번거로움이 있을 뿐!

고비

부여잡은 몇 줄에 걸려 넘어지면서
나는 왜 이 새벽까지
두서없는 글머리와 씨름하는가?
굽이굽이 붓방아 찧어대는 무딘 연필,
네가 무엇으로 짧아지든
몽당빗자루보다 두려울 리 없건만
새벽이 되어서야 겨우 공포를 잠재우고
파지를 쓸어 모으고 잠자리를 편다
썼다 지우는 몇 줄 행간이
고비보다 거친 종이 사막임을
곡마曲馬의 무릎을 끌어안고서야 깨닫는다
저 말들 주저앉을 때까지
모든 고비는 초심으로 넘어가야지!

3부

들림 노래

고추밭 사이로 듬성듬성
토마토가 줄기져 있다, 누가 가꾸던 텃밭일까?
한때 마음자리는 봉선화를 심었던 곳,
일찍 개학한 8월의 장광
우듬지까지 차올라
주렁주렁 고추가 익어가던 시절,
지금은 지워진 밭머리에 서서
할머니가 학교에서 돌아올 소년을 기다린다
동여매는 허기여서 책보로 질끈 지르고
허겁지겁 달려와 토마토 덩이째 베어 물면
뜨거운 햇살이 물컹, 목구멍을 틀어막았다
그 봉선화 토마토 뿌리째 시들었건만
검붉은 가계家系 오래도록 남아
수의도 안 입힌 주검의
다물어지지 않는 입말로 유전되는지
옛날의 노래는 그런 텃밭에나 버려져 있다

정류장 못 미쳐 술도가 있다

습습한 날이면 할머니 심부름으로
양은 주전자 두드리며 됫박 막걸리 받으러 간다
되로 파는 막걸리가 요즘 어딨어?
그래도 할머니는 나를 자꾸만 심부름 보내고
혼자서 주절거리는 무료한 사설이다

전란에 잃은 아들이 둘, 보도연맹인
사위에 손자까지 함께 엮이는
율곡댁 넋두리 한도 끝없는데
입질한 조동아린 알고도 모르는지
대접에 몽땅 부어 찬밥 말아 후루룩

정류장 못 미쳐 술도가는 아이에게도 술을 팔고
달라면 술지게미도 덤으로 준다
나는 얻어 온 지게미로 공갈빵이나 구워야지
질척이는 유행가 비틀거리며 따라가느라
침묵의 일기장 한 줄도 못 채웠으니
오늘은 할머니 재촉해도 술심부름 안 간다

짙푸른 슬픔이 사는 곳

비탈길가에 접시꽃 한창인 때,

어머니는 나를 앞장세워
외가를 다녀오곤 했다

뭘 풀칠하는 줄도 모르는
이웃과 친족의 둘레

이 꽃은 내가 가꾼 끼니예요
친정에서 꿔 온 허기죠

씨앗들이 안개를 함북 머금고
일시에 가시로 곤두설 때,

오징어 게임

환하게 불 밝혀 채 낚는 어로라면
나 한때 오징어 배 탄 적 있다
생사를 걸었던 멀미 지금껏 생생해서
건조장 모래펄에 드러누운 듯
총총 별들조차 다리 열 개로 매달린다
오징어, 낱마리로는 한 손 두 손
두름으론 스무 마리, 축도 스무 마리
물오징어 5백 두름이면 나흘이면 2천 축
말리고 다듬어 수집상에 넘기면
어찌어찌 식구들 일상이 마련되던……
비라도 내리면 그 오징어 다 썩힐라
애태우던 날들 다시 안 와라!
오징어도 세세손손 파도 속에 새끼 치는지
깜깜한 밤바다엔 여전한 어화漁火들,
떼 고기의 우주 휘황하게 흘러가도
축축한 수평선에 나 사로잡혔으니
따라오나 안 따라오나 둘러볼 겨를이 없네
만선이라면 끝나지 않는 게임인 듯
시작도 끝도 없는 파시에 혼자 남겨지리

넋 놓고 잠겨 드는 바다처럼

임종 무렵의 어머니는
지워지는 둘레에 골똘한가 보았다
눈가 묽어지는 저물 무렵
넋 놓고 잠겨 드는 바다처럼
반짝이는 석양을 켜 들곤 했으니
회상으로 떠올리면
첫눈 맞는 갈참나무숲이
한참이나 산자락을 잡아두는 까닭을
알 것도 같았다, 땅거미
물고 오는 오늘의 어스름 속
희끗희끗 섞이는 눈발,
눈 감아 선연한 회상이라 해도
이내 깜깜해질 저런 풍경을
어머니는 도대체 어디로 담아 가려 하셨을까?

문경

길에는 기쁨만 아니라 슬픔도 오고 간다
누님 돌아가셨을 때 부고 받고
굽이굽이 감돌던 새재, 아래 첫 동네, 문경
"구부야 구부구부가 눈물"* 대신 축축한 갈증으로 허
기져
나, 차 세우고 자장면 시켰던 곳

마흔넷의 하직이 짜고도 검어
그 길 지날 때마다 마음 안쪽이
컴컴했다, 조카들 자라
막내까지 장가들었는데 신부가 그곳 사람이라
읍사무소 근처 결혼식장 더듬던 곳

갈아 신은 새 신발인 듯 터널 뚫렸지만
무엇을 아낄 것도 없는 나, 조령마루 옛길 돌아서니
뉘엿뉘엿 가을 해 진다, 아뜩하던
슬픔 기쁨 어느새 가라앉고

쏟아버린 알약인지, 고개 아래

별빛 불빛 흩어진다, 저 문경 속으로
나, 몇 번 드나들었던가?
온 길만큼 갈 길 휘어져 내리는데
백미러 안쪽으로 한참이나 되비치는

* 「진도 아리랑」의 한 소절.

이 구역과 저 별무리가 한통속이 아니라면
우리는 어느 영원에서 다시 만날까?

책갈피에 끼여 있는 상상 말고
침묵의 깊은 자리라면
천둥 번개조차 수심으로 가두는
하늘 속만큼 아뜩한 장소가 어디 있으랴!
둘레에 먹구름 일렁이지만
꽃구름 흩어 노을 지는 서쪽으로

흘러간다, 1억 광년 건너온 별빛도
밤하늘에 피어오르는 별자리도,
말문조차 닫게 하는 우주의 황홀이
오늘 밤은 한층 가까이 있다

옹기종기 모여 사는 별 동네라면
구역모임에 설교까지 도맡았던
목청 크고 언변 좋은 이 권사, 우리 어머니!
십수 년 앞서 출발했으니
지금쯤 제 별에 찾아들었겠지?

왜 말수를 줄이고 목소리까지 낮추며

나는 내 별을 은하 한통속으로 옮겨놓으려는 거지?
무리에 낄수록 지상의 말들 털려버려
아, 어, 더듬기까지 하면서
가슴 그득 수심을 그러안는지,
저 하늘 깊이 모를 허공이라는데!

정든 땅 언덕 위

겨울과 여름 사이가 너무 좁아
농밀한 봄 한때가 거기 꼈던가 싶지만
서른 해 넘도록 뭇 계절을 함께 출렁였으니
우리는 이 골목에서 늙어왔다

언 땅을 딛던 지난겨울에도
멀거니 스쳐 지나며 객쩍은 인사였는데
들고 있던 성경책이 환하도록
그는 느긋하게 응답했다, 방문요양센터 차가 멈추고

젊은 여자에게 부축되어 그가 내린다
딸이겠다, 연전에 아이를 낳다가 잘못됐다는
큰애 말고 다른 따님이 있었던가
표 나게 알은척해도 뒤뚱뒤뚱 못 본 척 지나가는

저이에겐 예전의 공손함이 없다, 벼락에 스쳤는지
무언가 황급히 빠져나간 빈 둥지 같다
쓰다 버리는 것 몸일까?
그러고 보니 어느새 저만치 언덕길을 내려서는

이 봄의 뒷모습이 갑자기 낯설어진다

요양센터 차 떠난 자리
가려진 그늘을 한꺼번에 털어내는지
담장 너머로 치매에 물든 봄꽃들이 허물어져 내린다
우리의 거주지 이 골목도 너무 낡아서
새 단장을 하려고
몇 해 전부터 재개발구역으로 궁리 중이다

겨울 오이도

사당역에서 전철로 한 시간,
시내버스로 갈아타고 한참을 더 가야 하는
오이도, 죽은 임영조 시인이
타고 내리던 시詩 속에 섬으로 가둬놓고
끝내 부리지 못했던 이명耳鳴,
그「오이도」가 첫눈처럼 귓가에 떠돈다
서로의 세월로 이어지다 끊어지다
십수 년 후딱 건넌 갯머리에 멈춰 세워
다시 섬으로 만나는 오이도
일찍이 나는 시화호에 매달린 그곳으로
학생들 끌고 유람 간 적 있지
간척지 상가에서 바지락국수를 후룩거리면
물 빠진 개펄로 흐릿하던 건너편 화성,
거긴 로켓으로나 닿을 수 있다고
그나저나 시절은 예제로 촌스러운데
그걸 끝내 벗지 못해 티 맑은 사람,
사당역에 내리니 무슨 유행병인지
혹한에 승객들 듬성듬성한데
오이도행 전철에 그가 막 오른다

온통 귀 밝은 웃음 터뜨리려고
"내 마음 자주 뻗는 외진 성지"
겨울조차 훈훈한 오이도 둘러보려는가?

포항

따님 사는 근교로 이사하셨다는 장 회장님,
오늘은 함께 당한 교통사고로
돌아가신 사모님 1주기라는데
아침 일찍 손전화로 내 안부를 물어온다
사지死地를 겨우 헤쳐 나와 형해로!
후유증에서는 많이 비켜섰다지만
아직은 어둠보다 밝음이 견디기 힘들다고
전화기 안쪽이 천근인 듯 쇳소리다
빛이 흑연처럼 무겁다면 그 상실감은
어떤 기억이 가려줄 것인가?
포항 하면 손바닥 펴 든 은결 바다,
구룡포 옛길이 생각나고
물횟집에서 웃음을 함께 비비던
펄떡이던 생살이 씹히지만
마주칠 손바닥도 비껴버린 채!
가고 가는 무적에나 불현듯 사무치는
우리는 언제까지 그 바다를 품고 살까?

정말 비가 내렸을까?

팔을 내젓다 잠이 깬다, 속삭임처럼
가만가만 흔드는 빗소리
여름의 끝자락에 묻어 온 잠결의 나라
바닷물이 저만치 밀려 나가 개펄을 드러내는지
부력을 잃은 폐선 한 척
의식의 안쪽으로 기울어져 있다
내 해변으로 몰려와 닻이 되는 비,

그런 정박은 먹구름에게 이마 짚인 듯
베갯머리가 후줄근해져 깨어나기도 하지
여러 번 작별하지만
머리맡에 다시 쪼그려 앉는 비,
그는 내 잠 속에 오래 머물렀을까?

무슨 말을 하려는데 말문이 열리지 않으니
정말 비가 내렸을까?
아무 일 없다며 흐느끼는 그 속을 다 헤아릴 수는 없지
빗줄기를 타고 꿈결 저쪽으로 흘러갔으니
돌아올 수 있을까, 막막하다

혹서기

때 아닌 열대야를 여러 겹 겪고 나니
낮보다 밤이 배나 옅어져 있다
내다 놓은 불빛 속으로 마당귀의 수국이 한창이다
믿음 안에서, 믿음 밖으로
혹독한 여름이 이어질 모양,

이것은 밑도 끝도 없는 환상
반신반의로 수군거리는 시절 감정,
탯줄을 매단 꽃별 하나 어둠 속으로 가라앉고
살의 한곳이 덴 듯 화끈거린다

기다리는 사람아, 무릇 진앙은
쓸개로 치면 몸이 간직하는 것,
미답의 모서리에 떨어진
운석이 식으려면 아직 멀었다
우리는 가혹한 한때를 지나가야 하니

견디리라, 맹하의 뱀들이 울어
캄캄한 어둠 속으로 손 디밀면

손등 가득

독니로 새긴 핏발들이 묻어난다

산통算筒을 깨다

떠밀려 오다 문득 둘러보니 강 하구다
잇기를 그만두는 행렬의 끝,
상상이야 꼬리를 물겠지만
그 숱한 구불거림을 두르고도
남들이 돌아가고 싶다는 시원이 내게는 없다

2층 구석진 교실에서 내려다보면
빨래를 널고 있는 네 모습이 보인다
이것은 추억이 아니야, 반세기 지난 한순간인데
흘러가버린 가오리들, 아직도
가마솥에 든 개복치
무엇으로 꺼내든 시간은 거대하니
그것들이 살고 있는 바다라면 이렇게 잔잔할 리 없다고

물이 끓는다, 화덕 위에 올려놓은 냄비에서
사리가 비등점을 지난다
사후에 쓰려는 꿈을 톱날 위에 세운들
잘려 나가는 한때를 기웃거리는
지체 위에 내가 세워져 있다는 것을!

두절된 지 오래인데

영문을 몰라 한없이 불어나는 수위라면

이 궁금증도 이제는 가라앉힐 때가 되었다

생각뿐이라면 넘치지 않기를 바라는 푼수로

산통을 흔든다, 깨버린다

비운다는 것

마흔셋 이사 올 때의 차림으로
일흔여섯을 건너간다면
이 집 누더기 짐작은 되겠지만
누군가의 반평생이 입혀놓은
저간의 때라면 긁어낼 때도 되었다
바람막이 문틀조차 뒤틀려 삐걱거리지만
남향받이라서 밝고 따뜻했지
여기서 자란 아이들 어느새 중년이 되어
아비보다 멀리 떠돌 거니
주저앉은 나라고 무엇을 더 바라랴!

입동을 막 지낸 대낮의 한가운데
언덕 정자에는 사람 그림자가 없다
한창때는 저 그늘막에서 여름을 나느라
침이 마르도록 수다로 북새였다
비운다는 것은
철없던 슬하를 떠나보내고
그리움도 습관도 내려놓는 것,

젊은 날엔 한 해가 멀다 하고 옮겨 사느라

짐꾼처럼 이력이 붙었는데

지금은 갈 곳 있어도 허둥대니

쌓아온 적폐 내다 버릴 일 걱정인가

뭉개고 갈 지상의 좌표 몇 군데나 더 남았는가?

모과 혹은 모란

주워 담을 뉘우침이야 수도 없지만
날이 갈수록
잘못 산 기억으로 또렷하다면
그건 늙어간다는 증거다
사소함 하나에도 울컥울컥 치받히니
서창이 어둑해졌다는 뜻이야!

아니야, 아니야, 손사래 쳐도
저녁은 다가오고
나는 또 무잡하게
어질머리 한 자락을 네 앞에 끌러놓는다
같잖은 주장이나 웅얼거리는
고집이라면 누구에게라도 환멸 이하인 것,

하지만 닿고 보니 지척인 곳을
멀리도 돌아서 나는 왔다
시시로 향방을 놓쳐버리고
능치며 당도한 저물녘
여기까지 오는 게 전부였을까?

마당에는 모과꽃,
어느새 모란도 꽃봉오릴 맺었네!
내 가는 길목 가로막고
풍성하게 만발한 것은
일생일대의 저라서가 아닐까?

난파란 물의 습성이 소리로 바뀌는 것

해구를 돌아 나온 물살이 바위에 스치는지
파도 소리가 딱딱해진다
난파란 물의 습성이 소리로 바뀌는 것,
때로는 일대가 뒤집히기도 하니
소용돌이를 잠재운 바다에겐
넓이만 아득한 게 아니다
민박집 평상에 앉아
일몰에 섞이는 난바다를 보아라
노을이 비낄수록 바다는
잉걸불 사르는 함성인 것을!

4부

노래라고 누가 일깨웠을까

귀밑머리 흩뜨리는 파도 소리를
노래라고 누가 일깨웠을까

먼 곳에서 와서 먼 곳으로 가는
웃음 반 울음 반의 아우성을
물가에 내려놓아 진종일 칭얼거리는 물레를,

제 손목을 그으며 울부짖는
노을 바다의 배반을,
황금 수레에 실려 가는
끝자락의 혼몽을,

어둠은 당겨서 처처하고
죽음은 펼쳐서 첩첩하다

이토록 허둥대는 줄 끊긴 세월은
외줄로도 탄식한다, 뜯는
손길마저 어둠에 잠겼지만!

바람무릎도리

다복솔 한 그루가
무릎도리로 바람에 움찔댄다
경계 안쪽은 키 높인 수목장의 나신들,
예약된 자리를 찾아 사자를 모신 뒤
뒷정리로 남매들이 둘러앉았다
한 뿌린데 이다지도 다른 배지였을까?
사이사이 중구난방이 끼어들어
한 회상 속 이 빠진 추억을
금이 간 거울에서 건져 올려 무게로 단다
아예 모르는 별자리인 듯
수억 광년 아득히 떠돌았으니
은하로 뭉쳤어도 낯설 수밖에!
막내가 먼저 일어서고
남매들도 하나둘 자리를 턴다
대오를 이룬 행렬이라도
여행지라면 스치듯 지나는 거야!

동백 현관

주인이라면 제집 나들이라
검문 따윈 애당초 없을 테지만
남의 집 현관이라면 쭈뼛거리기 마련이다
제 행색이 이 집 분위기를 깨뜨릴까
방문객은 주저하기 십상,
이번 겨울은 유난히 추워
동백 화분을 현관으로 옮겼더니
수문장처럼 버티고 서서
드나드는 생들을 붙잡고
이 집이 네 집이냐, 거듭 검열한다
겹문을 열려면 뻗친 가지에 가로막혀
겨우 몸 비집는 바깥출입
비좁은 현관에서도 빨간 꽃등 매달았으니
외출도 끊긴 날들에 웬 호사인가,
거듭 감탄하는 겨울 출입구
불편한 징검다리 건너
빙판들 늘어섰지만
나보다 배나 큰 덩치가 눈알을 부라리고
출입구에 떡 버티고 섰으니
으스스한 전염병도 저 검문에 가로막히겠지

헌 집 새집

집에 관한 집착은 아니지만
생각해보니 달팽이처럼
나도 내 집을 껴입었던 사람이다
버리고 온 지 해 지나니
요람이 되고 관이 되고 무덤이 되는 전말이
궁금해져 다시 가보는 옛집,
마당에는 잎들 져버린 감나무에 홍시 몇 낱이
예전의 화폭인 듯 푸른 하늘에
붉은 감탄사로 찍혀 있다
새집 줄게 헌 집 다오
이웃사촌인 양 누군가 내게 속삭였던가?
뼈 묻는 심정으로 문패를 내다 걸고
마흔 해를 달려왔지만
잔정도 찌들면 얼룩이라는 걸
모른 체하는 고집을 내가 지녔던가?
갠 날들 우겨대지 않았지만
우산인 줄 굳게 믿으면
지붕 위로 머뭇거리다 돌아가던 우기들
마당에 홀로 서서 한참을 되새긴다

저 감들은 다른 별에서 겪었던 가을을
이 별에선 깡그리 잊었을까?
지고 갈 수 없어 버려둔 모과며 무화과나무
두꺼비 살림도 아닌데 헌 집 벗고
새집 달라 조를 수 있을까, 되물어본다

날개 달린 냄새를 따라나선 적 있다 해도

발자국 소리를 분간하는 귀처럼
냄새 맡는 코를 가졌으면!

한동안 새우젓 통 속에 웅크린 것 같은데
머리째 들이밀어도 지금은 닿지 않는 거리
호되게 망치고서야 겨우 알아차리는
그런 입구가 있다, 5년이나 10년
아니 그보다 더 오래
우리가 서로의 눈두덩에 손바닥을 얹어
가리던 알몸들

어떤 폐허는 돌이킬 수 없는 경계를 지녔으니
숨 쉴 때마다 진동하는 무취들,

날개 달린 냄새를 따라나선 적 있다 해도
악취로 뒤덮인 죄의 목록을
나는 들춰보지 않은 지 이미 오래!

입동

거기까지 함께 가자고
늦꽃 몇 송이 꺾어 보냈네, 비번이라도
차례가 아니라고 넌지시 사양을 하네
빈 몸을 앉히는 착석 너머로
시든 꽃 혼자 가네
왜 마음은 외지고 중얼거림도 헛헛하냐고
함부로 엮은 들꿈들 풀려나네
허공인 듯 바람엔 듯
일렁거리는 그림자가 풍경을 두드리네
대답하지만 디뎌지지 않는 소리들
이 형상과 저 형상을 건너뛰며
다리 놓듯 거미줄 치네
산 입이네, 나지막하게 출렁거려서
어둠이 사방을 가려놓네

경청

질정叱正하는 사람의 고뇌가 헛되지 않도록
충고는 반듯이 접어서 간직한다
경청은 굴종이 아니라
상대를 대접하는 것,
가슴에 수류탄을 매단 채
허겁지겁 그릇을 비워내던 그믐의 밤 사내여,
둘레를 사르는 화염의 말끝에 누군가
몇 마디 조곤조곤 보탰는데
왜 산채로 가지 않고 마당 한가운데서
저를 터뜨렸는지
어긋난 배려가 산지사방 흩어져
출렁거렸다, 경청을 모르던
말의 한때가 아직도
지독한 분노로 되살아난다

금어기

소문들로 어수선할 때마다
지금이 어느 치세인지 먹먹해진다
덜미를 잡히지 않으려고
밀려가거나 매달려 가는 개울의 소란 사이로
수상한 금어기가 오고 있다

포란抱卵의 철에 금지되는 게
꼭 사랑이어야 할까?
세상은 금지만으로 유지되는 것이 아닐 것이다

넘어선 뒤에야 위반임이 분명한
경계는 멀어질수록 선명한 것,
뒷자리가 쓸쓸한 사무침처럼
돌아서면 뉘우쳐질 금기라도!

조치원

한 겹씩 벗겨보면 묽어진 분홍만큼이나
빛바랜 일대기를 그대가 지녔으니
홍조 그득하던 뺨 오늘을 그늘지운다
이 탕진은 천변을 따라 흐드러진
벚꽃길이거나 복숭아꽃 만발하던 비탈밭,
어디라 어정쩡 흩뿌린 소문들로
열차는 내닫거나 주저앉기도 하는 것이니
언저리에 기대서면
자정을 헤매던 골목은 죽고
시절을 거슬러 밤안개만 자욱하리!
평생을 길들여도 철길의 습관 너무 억세다
모서리가 닳도록 철렁거리지만
때늦은 가출로는
떠돌이의 사무침만 그득할 것이니!

허리에 헛도는 전대처럼

장맛은 오래될수록 깊어진다는데
허리에 헛도는 전대처럼
한닷이나 잔뜩 끌러놓는 너를 보면
문득 나이의 헤픈 발길질이 떠올라서
뒷골이 뻐근해진다
말들은 위로 가든 아래로 기든
저희끼리 포개져도 손익 다반산데
네 돌배기의 질문처럼
종횡무진 돌진해오면
나는 왜 궁리나 더듬는 미꾸라진지
오늘은 물길조차 가로막혀
쩍쩍 갈라지는 논바닥이다

곡두*

불면을 쓰고 있으면 이따금
광채를 두르는 광막한 형상의 집
둘레를 돌다가는 이웃은 몰라도
나는 안다, 으스스한 폐가의 고샅길을

곡두는 머리맡에도 앉아 있다
긴 밤을 읽다가 펼쳐둔 채 잠든
도록에서 걸어 나와 꿈결엔 듯 손짓하는
저 환영은 누구의 비밀일까?

여기도 있네,
게으른 자의 부지런한 상상이 되어
시로 채우는 빈자리,
침묵을 징검다리 삼아 건너가는
불빛 끝 간 데

* 실제로 없는 사람이나 물건 등이 마치 있는 것처럼 눈앞에 보이다
  가 사라지는 현상.

봄날의 내력을 더듬어간 소설도 잊히겠지

네가 없는 세계에 꽃이 피었고
아침부터 봄비가 분분하다
올봄은 몸 먼저 엎어져
유난한 몸살로 비워냈으니
텅 빈 상춘을 뒤늦게 따라나서는
늦봄의 행로가 눅눅하다
하여 무엇을 피웠냐고 묻지 않고
어떤 외로움과 사귀었냐고,
춘궁으로 분장하고 더듬어간
봄날의 내력도 잊히겠지
엮어낸 줄거리가
갈수록 잔망해지는 소설들!

목관

윤곽이 부서진 목관을 건져 냈을 때
잠수부는 두께가 어림되지 않는 펄 속이라 했다
주검을 담았다 해도 수압이 눌러버리면
형해는 먼지처럼 흩어졌을 테지만
염려를 다해 크레인이 끌어 올린 목관은
조석으로 파고든 내외의 침탈을 조각으로 견뎌온 듯

이건 비유를 머금는 것이지만 형상을 잃기까지
사물들은 얼마나 오래 인내하는 것일까?
바다로 나간 목관이 개펄 속에 파묻혀
수백 년을 버텨낼 동안
노략당했던 주검은 어디를 떠돌고 있었는지?

목관을 벗어버린 주인이 제 주검을 지켰더라도
물살이 주름 잡는 바닷속 개펄을
무덤 자리로 선택하지는 않았을 것이다
떠도는 것들의 잔해가 건져졌고
시간은 둘러선 구경꾼 같았다는 것

여기 흐릿한 유구가 있다, 언제 마련됐을까
가늠이 안 되는 널판자 몇 쪽
개펄이 보관했으나
깨진 질그릇처럼 용도를 다한!

옥수수 시간

자진 장마 지나가는 7월 한철로
옥수수 시간은 익는 것이다
어느새 훌쩍 자란 진초록 건너가며
옥수수, 매단 수염은 넉넉해지는 것이다
너른 귀를 열어 경청의 들판을 듣는
옥수수, 뽀얀 속살의 순간들
소나비 몇 발자국까지 감싸 안으면
무엇 하나 버릴 수 없는 알알이므로
꺾으면 꺾이는 대로 다 내주는
옥수수, 가을이 허전한 허수들
북적대던 둘레가 비워지고
우수수, 메마른 키 바람에 베어져도
옥수수 시간은 있는 것이다

무한과 중심, 지상의 표징으로 읽기

오형엽
(문학평론가)

　　김명인의 시는 첫 시집 『동두천』(1979)에서 출발하여 다섯번째 시집 『바닷가의 장례』(1997)와 여섯번째 시집 『길의 침묵』(1999)을 경유하고 열번째 시집 『여행자 나무』(2013)를 지나 열세번째 시집인 『오늘은 진행이 빠르다』에 도달했다. 첫 시집에서 열세번째 시집에 이르기까지 김명인의 시는 시적 형식과 내용의 양 측면에서 유장한 연속성과 파란만장한 굴절성을 동반하면서 50년의 시간을 흘러왔다. 이번 시집은 시력 50년에 달하는 김명인의 시적 여정이 '바다'와 '사막'의 '길'을 '여행'하면서 '꽃'의 애락과 '침묵'의 허무 사이를 왕복하는 과정을 거쳐 궁극적으로 귀결되는 '소금'과 같은 결정체들을 담아내고 있다. 이 시집은 시적 여정의 연속성과 굴절성을 두루 포함하면서 김명인 시의 핵심적인 기법과 주제를 단순하고 간명한 형태로 응축해서 보여주기도 하고, 그동안 치밀하고 섬세한 비유와 리듬 및 의미 구조에 의해 은폐되어온 미학적 특이성을 탈은폐하기도 하며, 더 한층 복잡미묘해진 언술의 주름 속에 시적 비밀을 은밀히 감춰두기도 한다.

지금까지 많은 비평가들이 김명인 시의 기법과 주제를 비롯한 미학적 특성에 대해 유효한 통찰을 시도해 왔다. 인식과 탐구의 시학(김치수), 그리움과 회한의 시(김주연), 신체로 시 쓰기(김인환), 길 위의 시학(하응백), 섬세함의 시학과 강인함의 서정(황현산), 삶의 바다와 실존적 의식(오생근), 죽음과 시간의 이중성(이숭원), 꽃차례와 시간성의 미학(이광호), 무한의 사랑(권혁웅), 숭고의 부정적 묘사와 숭고의 간접적 묘사(오형엽), 분할 없는 분리로서의 풍경과 우화론적 진화(정과리) 등이 그 중요한 예이다. 이 밖에도 김명인 시의 미학을 '표현 미학' '상징 미학' '허무의 미학' 등으로 해명하거나 그 세계관적 특성을 '비극적 견인주의' '삶과 죽음의 형이상학' 등으로 설명하는 경우도 있었다. 이 적절한 규명들을 존중하면서 이 글은 이번 시집이 응축적으로 보여주는 핵심적인 기법과 주제, 은폐하거나 탈은폐하는 미학적 특이성, 언술의 주름 속에 은밀히 감춰두는 시적 비밀 등을 중요 작품에 대한 심층적 분석을 통해 세밀히 살펴보고자 한다.

　　이번 시집에서 시적 여정의 연속성과 굴절성을 두루
포함하면서 김명인 시의 핵심적인 기법과 주제를 단순
하고 간명한 형태로 응축해서 보여주는 대표적인 작품
으로 「초점의 값」을 들 수 있다.

　　　둘레가 온통 수평선이라면
　　　초점은 둥근 원의 중심,
　　　입체는 아득하게 구축되어
　　　지금 나를 둘러싸고 있다
　　　하늘과 둥글게 맞댄 망망대해
　　　그 구체를 수평선이 절반으로 잘라놓았다
　　　막막한 시선의 한 점으로
　　　나는 지금 사방을 건너고 있다
　　　마침내 무한 고독과 만나는
　　　이 씨앗을 누가 심었을까?
　　　어디서 온 나로부터
　　　나를 확장하면서
　　　초점이 되라고 파란 위에 던져놓았을까?
　　　가없는 둘레에 싸여도 중심은
　　　언제나 한 점,
　　　일찍이 접합되지 못한 우주에 사로잡혔으니
　　　나 하나의 값은 없다

—「초점의 값」 전문

이 시는 그동안 유장하면서도 파란만장하게 전개해
온 김명인 시의 기법과 주제를 일종의 기하학적 구도로
농축하여 보여준다. 이 작품은 크게 초반부(1~6행), 중
반부(7~13행), 후반부(14~17행)로 구성된다. 초반부에
는 시의 기본 구도로서 "수평선"과 "둥근 원" 및 그 "중
심"인 "초점"이 제시되는데, 화자는 "하늘과 둥글게 맞
댄 망망대해"를 자신을 "둘러싸고 있"는 "구체" 즉 "원"
으로 파악하고, "수평선"이 그것을 "절반으로 잘라놓았
다"고 간주한다. "하늘"과 맞닿아 있는 '바다'를 자신까
지 포함하는 하나의 큰 원으로 이해하고 "수평선"이 그
것을 일도양단한다고 보는 것은 외부의 풍경을 망원경
적으로 조망하는 주체의 시선에서 비롯된다. 화자는 이
주체의 시선을 "둥근 원의 중심"인 "초점"으로 간주하
는데, 여기서 중요한 부분은 주체의 시선이 풍경을 조
망하면서 그 내부에 자기 존재를 내포시킨다는 점이다.
'풍경의 내부에서 풍경을 주시하는 시선'이 기법적 층위
에서 김명인 시의 미학적 특이성을 생성하는 기본적인
장치로 작용하는 것이다.

중반부는 "수평선"과 "둥근 원"으로 이루어지는 풍
경과 주체의 시선인 "초점"을 대비적 관계로 재서술한
다. 화자는 "수평선"과 "둥근 원"으로 이루어지는 풍경

을 "사방"으로 지칭하고 "무한 고독"으로 해석하는데, 이 풍경과 대면하는 주체의 시선을 "한 점"으로 지칭하고 "씨앗"으로 해석하는 부분을 주목할 필요가 있다. "막막한 시선의 한 점으로/나는 지금 사방을 건너고 있다"라는 문장은 풍경과 대면하는 주체의 시선이 신체적 이행으로 전이되는 양상을 압축적으로 보여준다. 그리고 "마침내 무한 고독과 만나는/이 씨앗을 누가 심었을까?"라는 문장은 화자가 자기 시선을 "씨앗"으로 이해하는 동시에 그것을 심은 외부의 '더 큰 주체'에 대해 질문하는 모습을 보여준다. '풍경을 주시하는 시선이 신체적 이행으로 전이됨'이 기법적 층위에서 김명인 시의 미학적 특이성을 형성한다면, '존재론적 질문과 해석'이 주제적 층위에서 김명인 시의 미학적 특이성을 형성하는 것이다.

다음 문장은 '존재론적 질문과 해석'을 통한 '형이상학적 의미 부여'가 구체적인 표현으로 제시된다. "어디서 온 나" "초점이 되라고" "던져놓았을까?" 등의 구절은 "누가 심었을까?"라는 질문의 연장선에서 화자가 주체의 시선 바깥에 '더 큰 주체'가 존재한다는 인식과 더불어 자신이 그에 의해 형성된 피조물임을 진술하고 있다. 화자는 자신이 풍경을 바라보는 시선의 주체이자 풍경을 건너는 이행의 주체이며 따라서 "나로부터/나를 확장하면서/초점이 되"지만, 자신의 외부에 '더 큰 주체'가 존재하고 개입함을 사유함으로써 풍경과 주체 간의 복잡하고 다층적인 관계망을 구조화하게 된다. 시적 주체와 대상의 관계 층위에서 '풍경 – 주체 – 더 큰 주체'라는 구조를 형성하고 주체의 '시선 – 이행 – 질문 – 해석'을 진행하면서 기법적·주제적 층위를 표현하는 방식이 김명인 시의 미학적 특이성을 형성하는 것이다.

후반부는 화자가 중반부에서 시도한 존재론적 질문에 대한 답변을 결론적으로 제시한다. 이 답변은 구문상 단정적이고 확신에 찬 어조로 이루어져서 일종의 명제적 속성을 가지지만, 내용상 '풍경'과 '주체'가 "우주"와 "한 점"으로 지대한 간격을 두고 만나므로 '허무의 심연'을 노정하게 된다. "한 점" "중심"은 "씨앗"이 되어 생명의 근원이자 미래적 잠재력을 내장하고 "파란 위"에서 "초점"이 되어 세계의 중심이 될 수 있지만, "가없는 둘레에 싸"이고 "우주에 사로잡"혀 "나 하나의 값은 없다"라는 결론으로 귀결된다. 이 허무로의 귀결은 중반부의 "무한 고독과 만나는/이 씨앗"에서 이미 노출된 바 있고 7행의 "막막한"이라는 시어에서 예비된 바 있다. 구문상 "막막한"은 "시선"을 수식하는데 이 시어가 암시하는 것은 화자의 시선이 절대적 중심이나 주인의 위상을 가지지 못하고 불완전하고 불투명한 기능을 가진다는 의미이다. 그런데 필자는 이 시가 '존재론적 질문'에 대해 결론적으로 제시되는 '허무의 심연', 그리고 그것을 야기하는 '불완전하고 불투명한 주체의 시선' 등을 시인의 인식적 한계나 작품의 미학적 한계라고 간주하기보다는 오히려 인식적 미학적 탁월성을 확보하는 동인이 된다고 판단한다. 이 작품이 단순하고 간명한 형태 및 구조를 가짐에도 불구하고 그 함정에서 구제해주는 것이 바로 주제적 측면에서 '허무의 심연'과 기법적 측면에서 '불투명한 주체의 시선'이기 때문이다.

이러한 관점과 함께 이 시를 '숭고의 미학'으로 해명한다면 '숭고의 간접적 묘사'와 '숭고의 부정적 묘사'를 동시에 결합시켜 구사하는 독창적이고 특별한 작품으로 평가할 수 있을 것이다. '숭고의 간접적 묘사'는 무한히 큰 것을 유한한 언어로 옮겨놓는 모순을 해결하기 위해 자연을 크고 위대하게, 인간을 작고 미약하게 묘사하여 대조나 대비를 통해 자연의 장엄함을 간접적으로 드러내는 방법이다. 인용한 시는 "하늘과 둥글게 맞댄 망망대해"의 "구체"와 "수평선"을 광대한 풍경으로 제시하고 주체의 시선을 "한 점"으로 설정할 뿐만 아니라 더 나아가 외부의 '더 큰 주체'를 상정함으로써 이중적인 대조나 대비를 통해 '숭고의 간접적 묘사'를 효과적으로 구사한다. '숭고의 부정적 묘사'는 가시적인 것의 묘사를 포기함으로써 언어로 묘사할 수 없는 어떤 것이 존재함을 보여주는 방법인데 이 경우 침묵이 재현을 대신하고 묘사는 최소로 환원된다. 묘사할 수 없는 것을 묘사하려는 모순된 시도를 통해 사건성을 체험하고 존재를 강화하는 효과를 얻기 위해 모호성의 영역을 제시하기도 한다. 인용한 시에서 모호성의 영역을 통한 '숭고의 부정적 묘사'는 7행의 "막막한"뿐만 아니라 3행의 "아득하게", 14행의 "가없는"이라는 시어에서도 드러난다. 이러한 일련의 모호성의 영역은 그 연장선에서 16행의 "일찍이 접합되지 못한"이라는 구절에서 집약적으로 제시된다. 이 시에서 "아득하게" "막막한" "가없는" 등으로 표현되는 모호성의 영역은 "한 점"이자 "씨앗"인 주체가 "우주"와 "접합되지 못"하고 탈구된 채 "우주에 사로잡혔"다는 근본적 원인으로 인해 생겨나는 것이다. 이러한 근본적 원인에는 앞에서 언급한 대로 주체가 자신의 외부에 '더 큰 주체'가 존재하고 작용한다는 것을 의식하는 점도 포함될 것이다. '불투명한 주체의 시선'과 '모호성의 영역'이 기법적 층위에서 김명인 시의 '숭고의 미학'을 형성하고, '허무의 심연'과 '더 큰 주체에 대한 인식'이 주제적 층위에서 김명인 시의 '숭고의 미학'을 형성하는 것이다.

이번 시집에 수록된 시들은 김명인의 시 세계를 단순하고 간명하게 응축하는 「초점의 값」을 기준으로 볼 때 주제적 측면에서 무게중심이 '허무의 심연'으로 더 기울어지는 경향을 보여준다. 이러한 경향은 김명인이 생애의 후반부에 접어든 근황을 관조하면서 느끼는 '회한의

감응'affect'이 개입하면서 '공허의 아우라'를 형성하기
때문으로 보인다.

> 딴 세계에서 왔다면 외계인일 테지만
> 날이 갈수록 자주 듣게 되는 말,
> 딴 세상 사람 같다
> 불안한 거동이라면 천리만리 내닫는 뜬구름일 테지만
> 구름에겐 호기심이 없다, 바람 소리만 아득할 뿐
>
> 건져 낸 것 하나 없이 또 하루가 흘러간다
> 물푸레 우듬지라면 1박쯤 걸쳐볼까?
> 기억에도 없는 혈흔이 천만 리 저쪽까지 생생하니
> 그건 외로움이 감당할 몫, 구름척후는
> 어딘가 모자라거나 넘치는 제국에서
> 이곳으로 보내지는 것
>
> 오늘은 진행이 빠르다
> 기념되는 날은 흔치 않다, 일이라야
> 바람 편에 구름 그늘을 실어 보내는 것,
>
> ──「구름척후」 전문

이 시는 화자가 일상의 경험에서 떠오르는 상념을 평
이하게 진술하는 동시에 "구름"과 "바람" 이미지를 중

심으로 묘사한다. 이 작품은 크게 초반부(1연), 중반부(2연), 후반부(3연)로 구성된다. 초반부에서 1~3행의 진술과 4~5행의 묘사 사이에는 선형적 연결이나 인과적 필연성이 결락된 듯한 공백이 느껴진다. 내심과 풍경 사이에 이루어지는 긴밀한 인과적 연결이 아니라 느슨한 인접적 접속은 김명인의 신체적 시 쓰기가 의식적·논리적 사유가 아니라 무의식적·비선형적 연상에 근거하여 진행되기 때문이다. 무의식적 연상에서 유래하는 신체적 언술의 내밀한 특이성을 규명하는 것은 김명인 시의 비밀에 근접하는 길을 열어줄 수 있다. 1~3행에서 "딴 세계"-"외계인"-"딴 세상 사람"으로 이어지는 일련의 표현은 4행의 "불안한 거동"-"천리만리 내닫는 뜬구름"과 느슨하게 접속하면서 고정된 현실과 어긋나거나 비껴나는 외부의 시간 및 공간을 연상시키고 그 유동적 속성을 감지하게 한다. 이 연상은 5행의 "호기심이 없"는 "구름"-"아득"한 "바람 소리"와 재접속하면서 유동성을 공허한 확산성으로 전이시킨다. 요약하면 1~3행의 진술과 4~5행의 묘사가 인접적으로 접속함으로써 화자의 내심과 풍경이 삼투하면서 현실과 결락된 외부의 시간 및 공간을 제시하고 그 유동성과 확산성으로 인해 '공허의 아우라'가 형성되는 것이다.

중반부도 초반부와 유사한 시상 전개가 진행된다. "건져 낸 것 하나 없이 또 하루가 흘러간다"라는 문장은 화자가 일상에서 경험하는 상념을 평이하고 간명하게 진술한 것이다. 그런데 이어지는 "물푸레 우듬지라면 1박쯤 걸쳐볼까?"와 "기억에도 없는 혈흔이 천만 리 저쪽까지 생생하니/그건 외로움이 감당할 몫"이라는 문장은 현실적 정황이나 의미 맥락을 파악하기 쉽지 않다. 김명인 특유의 신체적 시 쓰기가 화자의 무의식적 자유 연상을 통해 주체와 대상, 내심과 풍경이 삼투하면서 이루어진다는 점을 염두에 둔다면 다음과 같은 해석을 시도해볼 수 있다. 전자의 문장은 화자가 자신을 "구름"에 삼투시켜 "물푸레 우듬지"를 찾아 여행하려는 의도를 표현하고, 후자의 문장은 "혈흔"으로 암시되는 상처와 고통의 원천을 찾아 멀리 유랑하는 존재의 고독을 드러낸다. 이러한 상념의 진술과 무의식적 연상의 표현은 다음 문장에서 화자 자신과 삼투된 "구름"이 아니라 그것을 파견한 "제국"의 입장으로 변경되면서 새로운 관점의 진술이 전개된다. "구름"이 "제국에서/이곳으로 보내지는" "척후"라는 표현은 한편으로 현실과 결락된 외부 공간이 가지는 유동성을 상쇄하면서 의미를 고정시키지만, 다른 한편으로 "어딘가 모자라거나 넘치는 제국"이라는 점에서 현실과 어긋나거나 비껴나는 유동성이 공허한 확산성으로 전이되는 양상을 보여준다.

후반부는 초반부 및 중반부와 유사한 시상이 전개되지만 좀더 간명하게 요약된 문장으로 귀결된다. "오늘

은 진행이 **빠르다**"와 "기념되는 날은 흔치 않다"라는 문
장은 화자가 초반부 및 중반부에서 진행한 시상의 귀결
로서 평범하고 허전한 일상에 대한 상념을 진술한 것이
다. "일이라야/바람 편에 구름 그늘을 실어 보내는 것"
이라는 결구는 역시 '공허의 아우라'를 드리우지만 "일"
이 "구름" "제국"에 의해 "보내지는" 수동성이 아니라
화자의 능동적 행위에 의해 시도된다는 점에서 '능동적
허무'의 속성을 내포한다고 볼 수 있다. 다음의 시는 이
번 시집의 중심선을 이루는 '공허의 아우라'가 좀더 구
체적으로 제시되는 작품이다.

> 어떤 몸이든 병이 들고 허기지면
> 안개 속으로 저를 운반하는
> 무적 소리의 환청에 자주 시달린다
> 마당귀 늙은 모과나무도 저를 깨워내는
> 바람 소리에 이따금씩 잎새를 펄럭일까,
> 하늘을 찌를 듯 우람하게 솟아
> 열대우림의 표상이던 마호가니는
> 통나무로 바다를 건넜으니
> 가끔씩 무적 소리를 되새길 것이다,
> 이 거실에 안 어울리는 지체로 견디는 것
> 도화심목桃花心木의 이상은 아니었을 것이다
> 그냥 그렇게 자라 병들고 무너지는 게

생명나무라면 이 일대기는

우리 모두가 그럭저럭 누리는 것이니

나는 마당에 나가 흘러가는

뜬구름이나 바라보는 중이다

모과나무에 이상한 새가 앉아서 운다

낯선 손님에게 가지를 내주고도 무심한 것은

몰년을 잇대는 유령거미의 시간,

가라앉을 듯 가라앉은 듯 어둑한 둘레가

거미의 군락지로 넓혀지고 있다

　　　　　　　　　—「유령거미의 시간」 전문

　이 시는 화자가 자기 삶의 근황을 "나무" "뜬구름"
"유령거미" 등의 대상과 유비의 관계로 형상화한다. 이
작품은 크게 초반부(1~11행), 중반부(12~16행), 후반
부(17~21행)로 구성된다. 초반부는 다시 네 개의 진술
부분으로 구성되는데, 첫째 부분(1~3행)은 화자가 일
반적인 사례로서 "어떤 몸"이 "병이 들고 허기지면" "저
를 운반하는/무적 소리의 환청"을 듣는다고 진술하고,
둘째 부분(4~5행)은 이를 "마당귀 늙은 모과나무"에 적
용하여 "저를 깨워내는/바람 소리"에 "잎새를 펄럭일
까"라고 질문한다. 그리고 셋째 부분(6~9행)은 "열대우
림의 표상이던 마호가니"에 적용하여 "통나무로 바다를
건넜으니/가끔씩 무적 소리를 되새길 것"이라고 짐작하

고, 넷째 부분(10~11행)은 "도화심목桃花心木"에 적용하여 "이 거실에 안 어울리는 지체로 견디는 것"이 "이상은 아니었을 것"이라고 짐작한다. 이 네 개의 진술에서 추출되는 공통분모는 "모과나무"–"마호가니"–"도화심목" 등의 "몸"이 "무적 소리"의 "환청"을 듣거나 "되새" 기거나 "바람 소리"에 "잎새를 펄럭"이는 모습이다. 여기서 "나무" 이미지는 화자와 유비 관계를 형성하는 분신으로 이해할 수 있는데, 시적 주체가 "환청"으로 듣거나 "되새"기는 "무적 소리"는 '바다'에 대한 과거에 경험과 밀접한 연관성을 가진다. 따라서 이번 시집에서 김명인 시의 미학적 특이성은 '회상'의 구조화 원리가 중요한 요인으로 작용한다고 볼 수 있다.

　중반부는 초반부에 제시한 네 개의 진술에 대한 화자의 사유 및 행위를 제시한다. 화자는 전반부에 제시한 "모과나무" "마호가니" "도화심목" 등을 포괄하여 "생명나무"라고 지칭하고 그 속성을 "그냥 그렇게 자라 병들고 무너지는" 것으로 파악한다. "이 일대기는/우리 모두가 그럭저럭 누리는 것"이라는 구절에서는 "나무"와 유비 관계를 형성하는 자신의 일생에 대한 사유를 드러낸다. 그리고 이 사유와 연관해서 자신의 근황을 관조하는 모습을 보여준다. "흘러가는/뜬구름"과 그것을 "바라보는" 관조의 태도는 「구름척후」에서 주제를 함축하는 문장인 "오늘은 진행이 빠르다/기념되는 날은 흔치 않다"와 일맥상통하는 측면이 있다.

후반부에서는 "모과나무"에 "이상한 새"와 "유령거미"를 함께 등장시켜 김명인 시 세계의 기본 항인 '허무의 심연'과 이번 시집에서 주조를 이루는 '회한의 감응'이 결부되면서 더 깊은 울림을 자아낸다. "모과나무"에 "앉아서" 우는 "이상한 새"는 정체를 알 수 없는 신비함과 불길함을 동반하는 존재인데, 이 "낯선 손님에게 가지를 내주고도 무심한" "유령거미"의 모습은 '허무의 심연'과 '공허의 아우라'를 더 짙게 드리운다. 화자가 "유령거미"를 "몰년을 잇대는" "시간"으로 이해하는 것은 초반부의 "나무"가 "무적 소리"의 "환청"을 듣거나 "되새"기거나 "바람 소리"에 "잎새를 펄럭"이는 모습에서부터 중반부의 "생명나무"가 "그냥 그렇게 자라 병들고 무너지는" 모습과 화자가 "흘러가는/뜬구름이나 바라보는" 모습을 경유하여 도달하는 최종 지점에 죽음의 블랙홀이 자리 잡고 있음을 암시한다. "가라앉을 듯 가라앉은 듯 어둑한 둘레가/거미의 군락지로 넓혀지고 있다"라는 결구는 "유령거미의 시간"이 내포하는 허무와 공허에 깊이와 넓이를 동시에 부여한다.

「구름척후」에 등장하는 "구름"과 "바람" 이미지 계열, 그리고 「유령거미의 시간」에 등장하는 "모과나무"와 "이상한 새" 및 "유령거미" 이미지 계열은 김명인 시의 전체적 상징체계에서 어떤 위상을 차지하고 있을까?

일단 전자가 하늘의 존재인 반면 후자가 지상의 존재라
는 대비적 구도를 형성하면서 김명인 시의 상징체계에
서 대척적인 위상을 지니는 것으로 짐작할 수 있다. 이
두 상징 계열의 시적 위상과 의미에 대해 좀더 세밀히
살펴보자.

> 5월 막바지의 꽃 덩굴장미가
>
> 혈맹으로 뭉쳐 치렁거리는 언덕길을 내려가다가
>
> 문득 그대 없는 세상에 10년 하고도 몇 해를
>
> 그림자 끌며 흘러왔다는 생각에
>
> 갑자기 그쪽 형편은 어떠냐고 묻고 싶다
>
> 그대는 아직도 이 골목의 시인이니
>
> 새로 쓴 시가 궁금하고
>
> 나는 물구나무 세운 집이었음을
>
> 활짝 핀 꽃송이로 오늘따라 쓸쓸해진다
>
> 젊음은 소란스럽지, 예전처럼 늙어서
>
> 노회한 시의 가슴을 더듬을 때
>
> 만져지는 것은 몰라보게 접질린 주름들,
>
> 저 불꽃장미 또한 지상의 꽃이니
>
> 며칠만 타올랐다 스러지는 것을
>
> 나는, 여한 없이 바라본다, 저버린
>
> 약속이 없었음을 시간은 일러주리라
>
> 며칠 내 물음처럼 맴돌던

언덕 위 아카시아 향기도 어느새 지워졌다

낙화의 뒤끝으로 오는 신생이란

이렇게 얼룩지기도 하는 후일담인 것을,

—「지상의 꽃」 전문

이 시는 크게 초반부(1~9행), 중반부(10~16행), 후반부(17~20행)로 구성되는데, 초반부는 1단계(1~5행)와 2단계(6~9행)로 전개되고 중반부도 1단계(10~14행)와 2단계(15~16행)로 전개되는 등 전체적으로 복잡한 구성을 보여준다. 초반부는 화자가 "꽃 덩굴장미"를 보다가 죽은 "그대"를 떠올리고 그리워하면서 결국은 쓸쓸해지는 모습을 보여준다. 1단계에서 화자는 "꽃 덩굴장미"를 보고 "문득 그대"를 떠올리고 "그쪽 형편은 어떠냐고 묻고 싶"은 심정을 드러내고, 2단계는 "그대는 아직도 이 골목의 시인"이라고 추모하면서 "새로 쓴 시가 궁금하"다고 말하고 "활짝 핀 꽃송이"로 인해 "쓸쓸해"지는 모습을 드러낸다. 이 부분에서 김명인 시의 1차적 비유의 방법을 해명해볼 수 있다. "꽃 덩굴장미"에서 죽은 "그대"를 연상하는 것은 유비의 일반적 방식이지만, 세밀히 분석하면 현실의 가시적 대상과 연상되는 비가시적 대상 간의 동일시뿐만 아니라 차별성을 통해 복합적인 비유의 결을 만들어낸다. 화자가 관찰하는 "꽃 덩굴장미"는 "활짝 핀 꽃송이"로 만개한 상태이지만 "그대"는 기억을 통해서만 존재하는 '부재'의 상태이다. 동일시의 경우는 화자의 시선에 과거의 시간성이 개입하는 반면 차별성의 경우는 현재의 시간성이 개입하기 때문에 생겨난다. 따라서 김명인 시의 1차적 비유의 방법은 화자의 시선이 과거적 회상에서 현재적 관찰로 이동하면서 현실의 대상과 연상의 대상 간의 일치를 대비로 전이시키는 것이라고 볼 수 있다.

중반부는 전반부에서 시도한 현실의 대상과 연상의 대상 간의 중첩을 화자 자신의 처지와 재중첩시키는 2차적 비유의 방법을 구사한다. 전반부의 마지막 문장인 "활짝 핀 꽃송이로 오늘따라 쓸쓸해진다"에 나타나는 '쓸쓸함'의 감응은 "활짝 핀 꽃송이"와 부재하는 "그대" 간의 간격뿐만 아니라 "예전처럼 늙어서/노회한 시의 가슴을 더듬"는 화자 간의 간격 때문에 발생한다. 따라서 이 문장은 전반부와 중반부를 연결하는 징검다리이자 현실의 대상과 연상의 대상을 중첩시키는 1차적 비유를 화자 자신과 재중첩시키는 2차적 비유로 전환하는 매개가 된다. "만져지는 것은 몰라보게 접질린 주름들"은 화자가 바라보는 자기 "시"의 모습인 동시에 "덩굴장미" 꽃잎의 모습이기도 한 것이다. 여기서 화자가 장미 꽃잎의 현재 모습이 아니라 미래의 모습을 예감한다는 점에서 2차적 비유에 미래의 시간성이 개입한다고 볼 수 있다. 이러한 두 단계의 비유 방법을 경유하여

"저 불꽃장미 또한 지상의 꽃이니/며칠만 타올랐다 스러지는 것"이라는 시적 인식에 도달한다. "장미"는 "젊음"이 "소란스러"울 때 "불꽃"을 지피지만 "며칠만 타올랐다 스러지는" 존재이다. "지상의 꽃"이라는 표현에는 현재를 중심으로 과거와 미래가 회집하는 중층적 시간의식을 통해 도달한 존재의 유한성에 대한 사유가 내장되어 있다. "저버린/약속이 없었음을 시간은 일러주리라"라는 문장은 이러한 시간성의 원리가 "꽃 덩굴장미"와 "시"를 매개로 성립하는 "그대"와 화자의 관계로부터 파생함을 알려준다.

전반부의 1차적 비유와 중반부의 2차적 비유를 거쳐서 도달한 "저 불꽃장미 또한 지상의 꽃"이고 "시간"이 "저버린/약속이 없었음을" "일러"준다는 사유가 일종의 시적 각성에 해당한다면 후반부는 그 조짐이나 여진餘震에 해당한다. "며칠 내 물음처럼 맴돌던/언덕 위 아카시아 향기"가 각성 이전에 질문으로 존재했던 것이므로 조짐에 해당한다면, "어느새 지워졌다"는 각성 이후에 그 "물음"에 대한 대답이 이루어졌음을 의미한다. "낙화의 뒤끝으로 오는 신생이란/이렇게 얼룩지기도 하는 후일담인 것을"이라는 결구는 각성에 대한 여진으로서 "낙화"로 인해 "신생"조차도 상처를 남기는 "후일담"에 불과하게 된다는 '허무의 심연'과 '공허의 아우라'를 드리운다.

「지상의 꽃」이 '꽃' 이미지를 중심으로 지상의 존재가 가지는 유한성을 주제로 형상화한다면, 그 대척점에서 '달' 이미지를 중심으로 하늘의 존재가 가지는 이치를 주제로 형상화한 작품으로「달의 이행」을 들 수 있다.

겨냥점을 달에 두고
여러 폭의 환상을 포갰다 벗겨내는
사내가 있다, 그가 고르는
물감 중 으뜸은 달빛이지만
오늘은 그믐이어서
화판이 온통 칠흑이다
어둠이 덧칠해놓은 달의 행로,

또 누군가의 구름은 둘레가 가려지길 기다렸다가
희뿌연 달무리에 섞이려 든다
그를 밀쳐내는 것도 달이지만 어떤 달은
낮에도 눈을 떠
창천을 희번덕거리며 서역으로 간다

감기는 눈을 비비며 나는
한밤을 견디지만
달의 소요를 마냥 따라나설 수는 없다
하루의 길이 또 다른 새벽으로 이어지기에

자정 어간에만 달의 행로를 살필 뿐

나는, 달을 관찰하며 살아왔다
궁금증에 응답해야 한다면
누군가의 발자국이 아니라 나만의 첫 달,
가고 가는 그곳에도 밤이 있을까?
달 아닌 무엇이 떠오를까?

오늘은 바람 한 점 없다
도심의 달은 유난히 드난하고
휘황한 불빛에 족적이 흐려지기도 하지만
달은 여위어도 달이니
저들의 보름달은 언제까지 보름일까?

갚을 길 없는 위안이라도 한밤의
달빛 파장은 새삼스럽다
나는 한순간도 달의 몰락을 상상하지 않았으므로
누리의 달도 저무는 달도
지상의 표징으로만 읽어낼 뿐,
감기는 눈을 비비며
오늘 밤도 저 달이 유장한가, 지켜보는 것이다
                                    ──「달의 이행」 전문

이 시는 크게 초반부(1~2연), 중반부(3~4연), 후반부(5~6연)로 구성되는데, 초반부는 1단계(1연)와 2단계(2연)로 전개되고 중반부가 1단계(3연)와 2단계(4연)로 전개되며 후반부도 1단계(5연)와 2단계(6연)로 전개되는 등 전체적으로 복잡한 구성을 보여준다. 초반부는 1단계에서 "달에 두고" "환상"을 그려내는 화가인 "사내"가 등장하지만 "그믐이어서" "어둠이 덧칠해놓은" 하늘로 인해 "달의 행로"를 파악하기 어려운 상황을 제시한다. 그리고 2단계에서 "달무리에 섞이려" 하는 "누군가의 구름"이 등장하지만 "그를 밀쳐내"는 "달"이 있고 "낮에도 눈을" 뜨고 "서역으로" 가는 "달"의 모습을 제시한다. 초반부에 제시된 상황의 공통점은 누군가가 "달"의 정체와 비밀을 공유하려 하지만 "달"은 이를 거부하며 고유한 "행로"를 따라 운행한다는 점이다. "달"은 "사내"나 "누군가의 구름"과 거리를 유지하면서 "서역으로 간다." "서역"은 김명인 시 세계에서 일관되게 유지되어온 이상적 피안彼岸을 의미하는데, 지상의 존재가 가지는 유한성과 대비되는 하늘의 존재가 가지는 이치의 궁극적 지향점이라고 해석해볼 수 있다.

중반부에서는 화자인 "나"가 초반부에 등장한 "사내"나 "누군가의 구름"을 대체해서 등장하고 "달"과의 관계에 대해 진술한다. 전반부의 1차적 비유에 등장한 현실의 대상에 화자 자신을 중첩시키는 2차적 비유를 구사하는 것이다. 3연에서 "나"는 "한밤을 견디지만/달의 소요를 마냥 따라나설 수는 없"으므로 "자정 어간에만 달의 행로를 살필 뿐"이다. 이 부분은 지상의 존재로서 "나"의 유한성을 드러내는데, 하늘의 존재인 "달"이 가지는 이치는 "하루의 길이 또 다른 새벽으로 이어"진다는 구절에서 노출된다. 즉 "달의 행로"는 연속성과 그 너머까지 이어지는 무한성을 가진다는 점이 암시되는 것이다. 4연은 화자가 "나는, 달을 관찰하며 살아왔다"라고 말하면서 자신의 정체성을 분명히 밝힌다. "달을 관찰하며 살아"온 화자의 생애는 일단 하늘의 궁극적 이치인 연속성과 무한성을 주시하고 동경해왔다는 의미로 해석될 여지가 있다. 그런데 중요한 부분은 "궁금증에 응답해야 한다"는 존재론적 질문에 대한 대답이 "누군가의 발자국이 아니라 나만의 첫 달"에서 나타나듯 타인의 경험이나 사유가 아니라 화자 자신의 고유한 생의 체험을 통해서만 얻어져야 한다는 점이다. 또한 "가고 가는 그곳에도 밤이 있을까?/달 아닌 무엇이 떠오를까?"라는 문장은 이 형이상학적 물음이 정답 없는 질문으로 작용하면서 김명인 시의 지향성을 견인하는 구조화 원리가 됨을 암시한다.

후반부에서는 화자가 현실의 "도심의 달"을 둘러싼 상황을 제시하고 자기 입장과 생각을 재서술한다. 화자는 "오늘" "도심의 달"은 "드난하고" "족적이 흐려지기도 하지만 "달은 여위어도 달이니/저들의 보름달은 언제까지 보름일까?"라고 묻는다. "드난하다"라는 말은 '임시로 남의 집 행랑에 붙이 지내며 그 집의 일을 도와주다'라는 뜻이므로 달의 형태나 빛깔이 흐릿하고 듬성한 상태를 표현한 것으로 보인다. "달은 여위어도 달"이라는 표현은 가시적 형태 너머에 비가시적 실체가 존재한다는 의미이고 "저들의 보름달은 언제까지 보름일까?"라는 의문은 "달"의 형태를 시간성과 결부시켜 그 "행로"에 대해 질문하는 것이다. 이어서 화자는 "달빛 파장"을 "갚을 길 없는 위안"으로 간주하면서 회한의 여지를 남기지만 "한순간도 달의 몰락을 상상하지 않았"다고 단언함으로써 하늘의 궁극적 이치인 연속성과 무한성에 대한 굳건한 믿음을 피력하는 듯이 보인다. 여기서 주목할 부분은 "누리의 달도 저무는 달도/지상의 표징으로만 읽어낼 뿐"이라는 표현이다. 이 말에 의하면 화자가 "달을 관찰하며 살아"온 주목적은 하늘의 이치나 그 궁극적 지향점에 있기보다는 "지상"의 이치를 읽어내는 데 있다고 볼 수 있다. "오늘 밤도 저 달이 유장한가, 지켜보는 것"은 하늘의 궁극적 이치인 연속성과 무한성을 지향하기보다는 그것을 "지상의 표징"으로 읽고 인생 및 세상사의 궁극적 이치를 해독하려는 의도 때문이라고 볼 수 있다. 김명인 시의 상징체계가 가지는 이러한 위상학을 이해하면 다음의 시에서 화자가 왜

108

"바다"의 무한성을 "도서관의 장서"로 비유하고 "책" 읽기를 통해 그 "어둠"을 독해하려 하는지 알 수 있게 된다.

> 책 만 권을 한꺼번에 펼친 바다가
> 기슭의 파란까지 덮어버렸으니
> 일몰 이후에나 대출된다는 밤바다는
> 평생을 새겨도 독해 버거운
> 비장의 어둠일까, 이 도서관의 장서려니
> 갈피나 지피려고 주경야독한다는
> 어부들의 말이 비로소 실감이 난다
> 일생을 기대 읽는 창窓이야
> 시인의 일과처럼 갈짓자 행보지만
> 알다가도 모를 달빛을 지표 삼아
> 어둠으로 안내하는 사서의 직업이란
> 그다지 참견할 일이 못 된다
> 다만 그 일로 한두 시간 끙끙거리려고
> 삐걱대는 목조 계단을 밟고 오른다
> 이 도서관이 대출하는 장서라면
> 파도 한 단락조차 내게는 벅찰 것이니
> 오늘 밤에도 누군가는 등대를 켜고 앉아
> 첩첩 어둠을 읽고 있겠다!
>   ──「죽변도서관」 전문

이 시는 크게 초반부(1~7행), 중반부(8~14행), 후반부(15~18행)로 구성된다. 이 작품의 시상은 화자가 "바다"를 "책"과 "도서관"을 비유하고 그 "밤"의 "어둠"을 독해하는 행위를 중심으로 전개된다. 초반부는 기본 비유로서 "책 만 권을 한꺼번에 펼친 바다"가 제시되는데, "바다"는 "일몰 이후에나 대출된다는 밤바다"로 구체화되면서 「달의 이행」에서 "어둠이 덧칠해놓은 달"과 일맥상통하는 이미지로 형상화된다. 「달의 이행」에서 화자가 "칠흑"의 "어둠" 속에서 "행로"를 따라 "이행"하는 "달"을 "관찰하며" "지상의 표징으로만 읽"고 "궁금증에 응답"하는 것과 마찬가지로, 이 시에서도 화자가 "밤"의 "비장의 어둠"을 간직한 "바다"를 "평생을 새겨" "독해"하려 하며 "어부들"이 "갈피나 지피려고 주경야독"하기도 한다. 따라서 「달의 이행」의 "달"과 함께 이 시의 "바다" 역시 화자가 "지상의 표징"으로 읽어내려는 대상으로서 일종의 상징의 기능을 담당한다고 볼 수 있다.

중반부에서는 화자가 "바다"의 "어둠"을 독해하려고 "창"과 "달빛"의 도움을 받는 모습을 제시한다. "비장의 어둠"을 열어젖히고 읽어내기 위해서는 '문'과 '빛'의 이미지가 필요하기 때문이다. "일생을 기대 읽는 창窓"이라는 표현은 이 독해가 화자가 추구하는 필생의 과업임을 암시하고, "시인의 일과처럼 갈짓자 행보"라는 표현은 그것이 완전무결하게 성사되지 못하고 실패를 거듭함을 암시하며, "알다가도 모를 달빛을 지표 삼아/어둠으로 안내하는 사서의 직업"이라는 표현은 "달빛"조차 그것을 성사시키는 데 큰 도움이 되지 못함을 암시한다. "다만 그 일로 한두 시간 끙끙거리려고/삐걱대는 목조 계단을 밟고 오른다"라는 문장까지 포함하여 중반부의 모든 문장들은 "바다"의 "어둠"을 독해하려는 필생의 과업이 성사되기 어렵다는 의미로 수렴된다.

이러한 시적 주제는 초반부에서 이미 "밤바다는/평생을 새겨도 독해 버거운/비장의 어둠일까"라는 문장으로 진술되었고, 후반부에서 "이 도서관이 대출하는 장서라면/파도 한 단락조차 내게는 벅찰 것"이라는 문장으로 재진술된다. "오늘 밤에도 누군가는 등대를 켜고 앉아/첩첩 어둠을 읽고 있겠다!"라는 결구는 화자에게 "버"겁고 "벅"찬 "독해"일지라도 실패를 무릅쓰고 그것을 지속적으로 실천하겠다는 장엄한 결의를 보여준다. "창"의 '문' 이미지와 "달빛"-"등대"의 '빛' 이미지를 통해 "바다"의 "비장의 어둠"을 독해하려는 끝없는 시도는 김명인이 필생의 과업으로서 "어둠"이라는 '허무의 심연'을 유랑하며 탐사하는 모험을 통해 그 비밀을 읽어내려는 '형이상학적 질문'의 시적 결정체라고 말할 수 있을 것이다. 김명인이 "무한 고독"과 만나는 "중심"의

"씨앗"을 통해 "불꽃장미"의 개화와 낙화, "달의 행로",
"바다"의 "어둠" 등을 관찰하면서 "지상의 표징"으로 읽
으려는 필생의 과업은 앞으로도 계속될 것이다. 그 시
적 여정을 예의 주시하기로 하자. ▨